Lieve knaagdiervrienden, een nieuw

MUIZENISSIG AVONTUUR

van

Geronimo Stilton

GERONIMO STILTON

THEA STILTON

BENJAMIN STILTON

KLEM STILTON

PATTY SPRING

PANDORA WOZ

Tekst:	Geronimo Stilton
Oorspronkelijke titel:	Il mistero delle sette matrioske
Omslag:	Giuseppe Ferrario (ontwerp) en Giulia Zaffaroni (kleur)
Binnenwerk:	Danilo Loizedda (ontwerp) en Christian Aliprandi (kleur)
Kaarten:	Archief Piemme
Vertaling:	Loes Randazzo
Zetwerk:	Sandra Kok	vormgeving & opmaak

© 2013 Edizioni Piemme S.p.A, Corso Como 15, 20154 Milaan, Italië
© Internationale rechten: Atlantyca S.p.A, Via Leopardi 8, 20123 Milaan, Italië www.atlantyca.com - contact: foreignrights@atlantyca.it
© Nederlandstalige uitgave: bv De Wakkere Muis, Amsterdam 2014
ISBN 978-90-8592-260-5   NUR 282/283
Verspreiding in Belgie: Baeckens books nv, Mechelen

www.wakkeremuis.nl
www.geronimostilton.com

Stilton is de naam van een bekende Engelse kaas. Het is een geregistreerde merknaam van The Stilton Cheese Makers' Association Wil je meer informatie ga dan naar www.stiltoncheese.com

Geronimo Stilton

OP MISSIE IN MOSKOU

EEN RUSSISCHE
STORM

Het was een ijzige ochtend, de ochtend
waarop **ALLES** begon.
ALLES wat?
Nou ja, **ALLES!**
Gewoon … **ALLES!**
Maar laat ik bij het begin beginnen.
Mijn naam is Stilton, *Geronimo*
Stilton! Ik geef *De Wakkere*
Muis uit, de meest gelezen krant van
Muizeneiland!
Weet je waarom ik zo **dik** ingepakt was?
Ik zal het je uitleggen …
Zoals ik al zei, was het een **IJZIGE**

ochtend, een ochtend in de gure maand december. Het was zo koud dat mijn snorharen onderweg naar kantoor bevroren. De weermuis op televisie had noodweer aangekondigd, een hevige SNEEUWSTORM uit Rusland. En dat noodweer kwam inderdaad! EN HOE!
Maar ik zal niet op de zaken vooruitlopen …
Ik had me net geïnstalleerd achter mijn bureau,

Je gaat Russisch leren!

waar het aangenaam **WARM** was, toen opa
Werwelwind (ook wel Tornado genoemd) binnen
kwam stormen.

'GERONIMO, JE GAAT RUSSISCH LEREN!'

Ik piepte: 'Russisch? Waarom dat?'
Opa zuchtte: 'Moet ik je dan alles voorkauwen?

Ik dacht gewoon dat als we onze boeken ook in Rusland willen verkopen, iemand ze in het Russisch zal moeten vertalen ...'

'Maar opa,' antwoordde ik, 'dat kunnen we toch door een ECHTE VERTALER laten doen?'

'Kleinzoon, je snapt er geen **PIEP** van, helemaal **NiETS!** Waarom zou je een vertaler betalen als je het zelf gratis kunt doen? Kijk, hier heb je een cursus **RUSSISCH.** Als je deze 101 boeken uit hebt, spreek je de taal vloeiend! Doe je *best,* goedkoop waren die

Hier heb ik een cursus Russisch, 101 boeken!

boeken niet, dus geen getreuzel, *AAN HET WERK!* Begrepen?'

'Maar dat gaat me nooit lukken, opa. Onmogelijk!'

Opa trok me aan mijn oor.

'Kleinzoon, het woord **"ONMOGELIJK"** wil ik niet horen. Dat woord staat niet in mijn woordenboek!'

11

GERONIMOV,
DOE EENS TOF!

Er zat niets anders op, als opa iets in zijn kop
had gehaald, kon je hem maar beter gehoor-
zamen. Ik begon dus met tegenzin te studeren …
wat een **KNAGERSELLENDE!**
Gelukkig werd ik gered door de rinkelende
telefoon. Het was mijn vriend de detective,
Speurneus Teus!

Speurneus Teus

**Speurneus is een privédetective.
Hij is een van Geronimo's beste
vrienden. Ze kennen elkaar al vanaf
de kleuterschool en zelfs daar speelde
Speurneus altijd al speurdertje.
Tegenwoordig heeft hij een detective-
bureau dat "Teus Speurneus" heet.**

'Geronimo, een van mijn bronnen vertelde me dat jij Russisch aan het leren bent. Wat een toeval, ik moet namelijk op een mega-mysterieuze **MISSIE** naar Moskou, de hoofdstad van Rusland. Alleen heb ik iemand nodig die Russisch spreekt en alles voor me kan vertalen, iemand die ik kan **VERTROUWEN,** een vriend! Kortom, doe je het, Geronimo? Ga je mee?'

'Maar ik ben nog maar net begonnen met Russisch leren! Trouwens, ik denk dat ik het nooit onder de knie krijg! Het is een reuze interessante taal, maar ook reuze moeilijk en ...'

Speurneus onderbrak me: 'Ja, hou maar op, *smijt de tijd niet stuk*,* Geronimo. Ik zie je over een uur op het vliegveld! Maak je geen **ZORGEN,** ik regel wel iets te knagen!'

'Ik kan niet met je mee, Speurneus', piepte ik

* Met smijt de tijd niet stuk bedoelt Speurneus verspil geen tijd.

WANHOPIG. 'Ik moet een krant uitgeven en ook nog eens Russisch leren!'

Speurneus smeekte me: 'Geronimov, doe eens tof! Help me dan, als je kan! Het is een **SUPER GEHEIME** missie, en ik heb iemand nodig die ik kan vertrouwen ...'

Ach, jullie kennen me: ik kan geen nee zeggen tegen een vriend in NOOD. Dus zuchtte ik en zei: 'Goed dan, Speurneus. Ik ga met je mee!'

Thuis deed ik zo snel mogelijk alles in mijn **JUMBOKOFFER.** In de reisgids las ik dat het in **RUSLAND** wel 30 graden onder nul kan worden ...

Gi-ga-geitenkaas, dat betekende dus zoveel mogelijk **WARME** kleren meenemen. Ik besloot dat ik me het beste gelaagd kon kleden, dat wil dus zeggen: met zoveel mogelijk verschillende lagen over elkaar. Je wist maar nooit ...

GELAAGDE UITRUSTING

1 Thermo-shirt! Wollen sokken!

2 Flanellen hemd! Wollen vestje! Lange onderbroek!

3 Windjack! Thermo-broek! Thermo-sokken!

4 Bivakmuts! Wanten! Tweede windjack! Gewatteerde skibroek!

5 Muts! Derde jas! Sjaal! Tweede paar wanten! Tweede skibroek! Snowboots!

Ik had niet zo'n warme Russische muts van nepbont, maar ach, die kon ik in Rusland wel kopen …

HET GEHEIM VAN
DE MATROESJKA

Op het vliegveld kwam Speurneus me tegemoet.
'Geronimov, dat je meegaat vind ik tof! Je bent
een ECHTE VRIEND in nood!'
Hij trok aan mijn staart. 'Maar denk erom,
je moet goed opletten. Je moet alles voor me
vertalen, zonder fouten en … je moet wel
fluisteren, want niemand mag het horen. Het
is GI-GA-GEHEIM, begrepen?'
'Au, blijf van mijn staart af!' gilde ik. 'En wat
betreft mijn Russisch, ik doe mijn best. Je weet
dat ik nog maar net begonnen ben de taal te
leren …'
Maar hij DUWDE me de vliegtuigtrap al op.

Toen we opgestegen waren, vroeg ik **nieuws-gierig**: 'Vertel eens, om wat voor een missie gaat het deze keer?'

'Zet je AKOESTISCHE INGANGEN*

open, dan zal ik je iets over de mega-mysterieuze-**MATROESJKA-MISSIE** vertellen!' fluisterde hij in mijn oor. 'Gisteren werd ik gebeld door een zekere Boris Muizetjov, een beroemde verzamelaar van Matroesjka's ...'

BORIS MUIZETJOV

Open je akoestische ingangen!

Akoestische ingangen: in Speurneustaal zijn dat je oren.

DE MEGA-MYSTERIEUZE- MATROESJKA-MISSIE

Graaf Boris Muizetjov, de grootste Matroesjka-verzamelaar van de wereld, heeft mijn hulp ingeroepen bij een super geheime zaak ... Hij zei dat ik de beste speurder van heel Muizeneiland ben ... en hij kan het weten!

1

Boris heeft van zijn overgroot-moeder, gravin Ivanka, een tafeltje geërfd, dat ooit toebehoorde aan tsarina* Catharina de Grote. Zij was ook een verzamelaarster van Matroesjka's. Zij begon met de verzameling die Boris nu verder uitbreidt!

2

Tsarina: **Russische keizerin**

O, een geheime boodschap!

Tijdens de restauratie van het tafeltje (een naaitafeltje) vond Boris een dubbele bodem. Er zat een perkamenten document in verstopt waarop een geheime boodschap stond over de vindplaatsen van zeven kostbare Russische poppetjes die waren verstopt in hartje Moskou!

③

Het is een muizenissig geheime missie!

④ Muizetjov heeft mij gevraagd de zeven poppetjes te zoeken en ze weer als een complete Matroesjka samen te voegen. Dan kan hij deze aan zijn verzameling toevoegen!

* *Kijkgaten:* in Speurneustaal zijn dat je ogen.

Toen Speurneus klaar was met zijn verhaal vroeg hij: 'Jij leert Russisch, dus je weet natuurlijk wel wat Matroesjka's zijn?'

'Eh, tja … eigenlijk …'

'O jee! **MATROESJKA'S** zijn een bijzonder soort Russische poppetjes die over de hele wereld beroemd zijn! *Open je kijkgaten*, Geronimo!'*

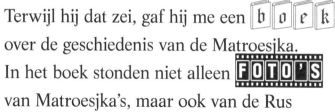

Terwijl hij dat zei, gaf hij me een b o e k over de geschiedenis van de Matroesjka. In het boek stonden niet alleen FOTO'S van Matroesjka's, maar ook van de Rus

Boris Muizetjov, de grootste Matroesjka- VERZAMELAAR van de wereld.

'Hij woont tegenwoordig op Muizeneiland, als hij tenminste niet op reis is …' vertelde Speurneus.

HET VERHAAL VAN DE MATROESJKA'S

Een Matroesjka is een holle houten pop, met in haar buik steeds kleiner wordende poppetjes. Het kleinste popje wordt het kindje genoemd, de volgende zijn haar zusjes en de grootste is hun moeder. Matroesjka's zijn bij ons bekend onder vele verschillende namen (bijvoorbeeld: Matrioshka, Matrena, Matreschka, Babuschka).

Savva Mamontov, een rijke Russische kunstverzamelaar, bedacht eind achttiende eeuw de eerste Matroesjka. Hij spaarde niet alleen kunst, maar ook houten speelgoed. Daarvoor reisde hij de hele wereld over.
Op een dag vond hij een beeldje van een oude, wijze knager, waarin vier andere, steeds kleinere, beeldjes verborgen zaten. Men zegt dat hij zich daardoor liet inspireren en de eerste Matroesjka liet maken!

Op Muizeneiland wonen twee grote verzamelaars van Matroesjka's: de Russische graaf Boris Muizetjov en zijn – eveneens Russische – rivale Anastasia Kierewietsin, een elegante, sportieve knagerin.

Er stond ook een foto in van een erg, heel erg
aantrekkelijk muizinnetje: lang, slank,
met lange blonde haren en ijsblauwe ogen.
Ze droeg een vuurrode avondjurk en zag eruit
als een geslaagde actrice.
Ik vroeg nonchalant: 'Enne ... wie is die aantrekkelijke KNAGERIN?'
'O, daar vielen je kijkgaten op, hè?' reageerde
Speurneus. 'Dat is Anastasia Kierewietsin.
Daar valt heel wat over te vertellen: ze is een
RIJKE erfgename, was drie keer achter elkaar
MISS RUSLAND, ze is kampioene ijsdansen,
heeft de zwarte band in karate, doet aan
parachutespringen, heeft vijf studies afgerond en
spreekt zeven talen ... vloeiend! Haar HOBBY
is het verzamelen van Matroesjka's: ze heeft de
grootste verzameling van heel Rusland!'

DE VERSCHILLENDE VERSCHIJNINGEN VAN ANASTASIA KIEREWIETSIN

BEROEMD VERZAMELAARSTER

RIJKE ERFGENAME

MISS RUSLAND

IJSDANSKAMPIOENE

5X AFGESTUDEERD, SPREEKT ZEVEN TALEN.

PARACHUTE-SPRINGSTER

MOSKOU ...
EINDELIJK!!!

De reis naar Rusland duurde lang, veel te lang,
maar uiteindelijk zette het vliegtuig de *LANDING*
in op het vliegveld van Moskou.

De stewardess opende de vliegtuigdeur en
een koude **WINDVLAAG** bevroor mijn
snorharen.

Speurneus TROK aan mijn staart. 'Geronimo,
doe je sjaal om en snel! Het is koud in Moskou!'

Ik opende mijn snuit om te zeggen dat ik dat ook
wel wist, maar mijn tong werd **BLAUW** van de
kou en **BEVROOR**, zodat ik er geen "piep"
meer uit kreeg. Er was alleen maar gekraak te
horen: **'KR-KRAK KRAAK KR-KREUK?'**

Mijn tong leek wel een **IJSLOLLY!!**
Speurneus trok me mee naar een restaurantje en bestelde een **KOP** thee voor me. Daarmee wilde hij mijn tong **ONTDOOIEN.**
Het was een gi-ga-kop, van wel drie liter!
Hij goot het in één keer bij me naar binnen.
'BLUB, BLUB, BLUB, SLIK ...'
De thee was zo muizenissig **HEET** dat ik mijn tong verbrandde!
'Geronimootje, alles

Mijn tong leek wel een ijslolly!

Om hem te ontdooien, gebruikte Speurneus een gi-ga-kop thee!

Maar de thee was kokend heet en ik brandde mijn tong!

koel?' vroeg Speurneus. 'Je ziet er nogal
deplorabel* uit!'

Ik piepte: *'Ik kan njiet gjoed pjaten … ik jeb
mjijn tjong VEJBJAND …'*

'Niet zo *wauwelen***', antwoordde hij, en hij gaf
me een RUK aan mijn staart. '*Ontbrabbel****,
je zou alles voor me VERTALEN!'

Op dat moment hoorden we een schelle stem:

'WELKOM IN MOSKOU, REISKNAGERS …'

Ik draaide me om en zag een oudere,
kleine, GEZETTE knagerin, met
om haar oren een bloemetjesdoek gebonden en
een parapluutje stevig in haar poot geklemd. Ze
had een grijze vacht, **muisgrijs.** Op haar snuit
pronkte een BRIL waarachter twee blauwe
ogen twinkelden. Vreemd, die ogen deden
me ergens aan denken …

Maar ik kreeg geen tijd om erover na te denken waaraan, want ze gilde met schelle stem: 'Welkom in Moskou. Mijn naam is **KATRINA BEDUVELOVA,** ik ben jullie gids. Voor we aan de stadstour beginnen, vertel ik jullie iets over de geschiedenis van Rusland ...'
Ze draaide zich om: 'Neem me niet kwalijk, meneer Stilton, waarom BIBBER je zo?'

Ik stotterde: 'Piep, ik heb het zo koud …
IJSKOUD ... Ik ga eerst een warme muts
kopen!'
'**HAHAHA,**' grinnikte ze, 'heb je het koud?
Ach, daar wen je vanzelf aan! Vroeg of laat went
iedereen eraan … als ze tenminste niet eerst
DOODVRIEZEN ...'

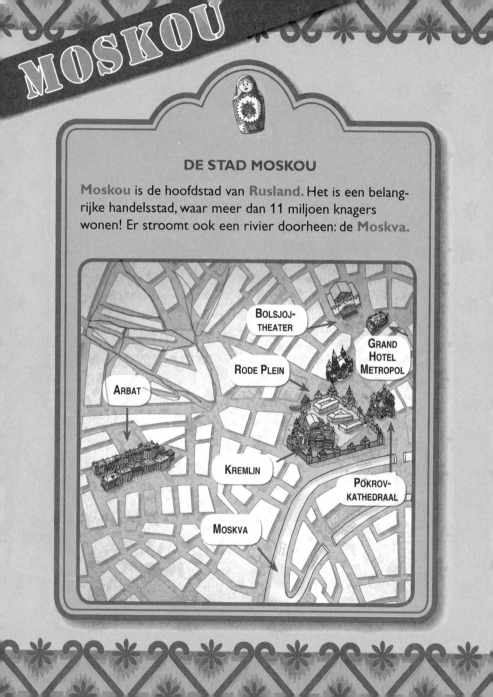

MOSKOU

DE STAD MOSKOU

Moskou is de hoofdstad van **Rusland**. Het is een belangrijke handelsstad, waar meer dan 11 miljoen knagers wonen! Er stroomt ook een rivier doorheen: de **Moskva**.

BOLSJOJ-
THEATER

GRAND
HOTEL
METROPOL

RODE PLEIN

ARBAT

KREMLIN

POKROV-
KATHEDRAAL

MOSKVA

OP STAP DOOR DE HOOFDSTAD

Je hoeft geen lange afstanden af te leggen om van Moskou onder de indruk te raken. Overal waar je kijkt, zie je gouden koepeldaken, schitterende pleinen en indrukwekkende gebouwen. Hier volgen een paar van de beroemdste.

Het Kremlin was van oorsprong een houten fort. De muren, die ongeveer 2 kilometer lang zijn en soms wel 19 meter hoog, zijn verbonden door 20 torens die allemaal een eigen naam hebben.

De Pokrovkathedraal, ook wel bekend als de Basilius-kathedraal, is beroemd vanwege zijn gouden koepels die vanaf het **Rode Plein** goed te zien zijn.

Ook de **metro van Moskou** is een bezoek waard: verfraaid met marmer, schitterende lampen en vergulde mozaïeken.

Wist je dat …
… als Moskou niet bedekt wordt door een dik pak sneeuw, het een van de **groenste** steden van de hele wereld is?
De stad heeft 96 parken en 18 tuinen, waaronder 4 tuinen met een grote variatie aan planten.

GERONIMO …
JIJ JOKKEBROK!

Onze gids was nog niet uitgesproken of
Speurneus trok het gevonden PERKAMENTEN
document tevoorschijn en zei: 'Kom op,
Geronimo, concentreren en vertalen!'

Vertaal!

ГЕРОНИМО*

CYRILLISCH ALFABET

Cyrillisch		Vertaling	Cyrillisch		Vertaling
А	а	a	С	с	s
Б	б	b	Т	т	t
В	в	v	У	у	oe
Г	г	g	Ф	ф	f
Д	д	d	Х	х	ch
Е	е	je	Ц	ц	ts
Ё	ё	jo	Ч	ч	tsj
Ж	ж	g (zachte)	Ш	ш	sj
З	з	z	Щ	щ	sjtsj
И	и	ie			
Й	й	i	ъ		(hard teken)
К	к	k	ы		i
Л	л	l	ь		(zacht teken)
М	м	m			
Н	н	n	Э	э	e
О	о	o	Ю		joe
П	п	p	Я		ja
Р	р	r			

Ik keek naar de **VReemde** tekens en probeerde ze te ontcijferen. Voor het Russisch gebruik je
een ander soort alfabet: het Cyrillisch alfabet!
Ik bladerde door mijn woordenboek en deed
een **POGING** tot vertalen: 'Eh… ik denk …
misschien … min of meer … het zal niet veel
schelen … ongeveer … ja: *"In de lente* REGENT
het appels op de tafel?" … Of: *"Als het koud is,*
KOKEN *thuis de bonen?"* … Nee, ik denk:
"De badkuip zit vol MIEREN?" … Hè? Hoor
eens, Speurneus, kunnen we onze gids niet beter
vragen om dit voor ons te vertalen?'
Speurneus TROK aan mijn oor: 'Geronimov,
doe eens tof! Begrijp je er dan helemaal niets
van? Dit is een gi-ga-mega-super geheime
missie! We kunnen het niet zomaar
aan iedereen gaan vertellen! Maar jij bakt er
niets van, Geronimo. Eerst vertel je me dat

je perfect Russisch spreekt en nu maak je er een GRAPJE van! Jij jokkebrok, jij *muizenbesjoemelaar*!*'

Ik protesteerde: 'Ik ben geen JOKKEBROK en ook geen *muizenbe…* wat dan ook! Ik heb je gezegd dat ik nog maar net BEGONNEN was

* *muizenbesjoemelaar:* een grote leugenaar

met Russisch! Je wil gewoon niet luisteren!'
Speurneus gaf het op en besloot Katrina
Beduvelova uiteindelijk toch maar te vragen of
ze iets voor ons wilde vertalen. 'Maar vertel het
aan NIEMAND,' zei hij erbij, 'het is strikt
geheim!'
De oogjes van Katrina schitterden en ze
grinnikte. Zonder moeite vertaalde ze het
document:

> 'ZEVEN KOSTBARE POPPETJES,
> SAMEN VORMEN ZE ÉÉN.
> ALS JE DEZE MATROESJKA WILT VINDEN,
> BEGIN DAN BOVEN DE DROOMPRINSES.'

Speurneus fluisterde: 'Kom op, Geronimov, doe
eens tof! Jij bent de **RUSLANDEXPERT**
van ons beiden: waar vind ik die DROOM-
PRINSES? Kom op, Geronimo!'

Ik gilde: 'Ik weet het niet! Ik heb het je gezegd en ik zeg het nu nog maar eens: ik ben **GÉÉN** Ruslandexpert. Ik ben nog maar net begonnen met Russisch!'

Katrina kwam tussenbeide en grinnikte:

'**Hihihi!**, sorry dat ik me ermee bemoei, maar hebben jullie het over De Droomprinses? Dat

weet toch iedereen: dat is het beroemde mozaïek
van het nog beroemdere GRAND HOTEL
METROPOL … Als jullie willen, breng ik
jullie erheen!'

Speurneus TROK niet eenmaal, niet tweemaal,
maar driemaal aan mijn staart: 'Geronimo …
SCHAAM je dat je dat niet wist! Wat weet je
eigenlijk wel?'

Ik piepte: 'AU! AU! AU! Laat mijn staart met
rust!'

We stapten in een taxi en reden naar het Grand
Hotel Metropol, een van de BEROEMDSTE
hotels van de stad …

YANA,
DE ALLERJONGSTE

Eindelijk kwamen we in Grand Hotel Metropol
aan, in hartje Moskou.

We stapten een enorme **RUIMTE** binnen die
was versierd met kostbare fresco's, antieke schil-
derijen, grote spiegels en **kristallen**
kroonluchters. Wat een weelde!

Speurneus liep naar de receptionist en kondig-
de aan: 'Mijn vriend Geronimo, die *perfect*
Russisch spreekt, zal vertellen wat ik wil ...'

Hij trok aan mijn STAART en zei:
'Stiltonnetje, **VERTAAL:** "Ik wil graag een kamer
met uitzicht ... rustig gelegen ... groot, maar
niet te groot ... met douche, minibar, televisie en

internet …" En zeg maar dat ik morgenochtend ontbijt op bed wil … klokslag half acht … drie sneetjes toast … bananenjam … geen ei … en jus d'orange met een geel rietje, begrepen?'

Ik probeerde, rood van schaamte, alles te vertalen, maar bakte er NIETS van …

Katrina hield me van een afstandje in de gaten en giechelde: 'Hihihi!'

Na een poosje riep Speurneus haar erbij.

'Juffrouw Beduvelova, kun je dat voor ons vertalen, alsjeblieft? Geronimo pochte dat hij perfect **Russisch** spreekt, maar hij heeft me bij de snuit genomen!'

Toen Katrina klaar was met vertalen, vertrok ze. Speurneus en ik gingen op zoek naar het fameuze mozaïek. We zochten in alle hoeken en gaten van het hotel, maar konden nergens iets vinden …

Tot de receptionist ons met gebaren duidelijk maakte dat "De Droomprinses" niet in het HOTEL te vinden was maar buiten, op de gevel …

Speurneus zei: 'Een van ons zal OMHOOG moeten, zoals het in het perkament ook staat!

METROPOL
Een schitterend Grand Hotel, gelegen in hartje Moskou, vlak bij het Kremlin. Helemaal in Art Nouveau stijl gebouwd.

DROOMPRINSES-MOZAÏEK

HIER STAAN SPEURNEUS EN GERONIMO!

Ga **jij** maar, Geronimootje ...'

'Maar ik heb HOOGTEVREES!' riep
ik geschrokken. 'Kunnen we niet op een andere
manier naar boven?'

Speurneus gaf me een klap op mijn schouder:
'Nee, het is een gi-ga-mega-super geheim, weet je
nog? We kunnen er met *niemand* over praten!'

Ik hoorde gegrinnik: 'Hihihi!'

Het was Katrina, die uit het niets achter ons was
opgedoken. **BESPIONEERDE** ze ons soms,
of verbeeldde ik me het maar?

Ze stelde voor om samen met ons naar het dak
van het hotel te gaan en Speurneus accepteerde
haar aanbod dankbaar, al MOPPERDE hij dat
het eigenlijk geheim moest blijven ...

We volgden haar de **lange** gangen door
en de hoge trappen op, tot we op het dak
stonden en we ons recht boven het mozaïek

van "De Droomprinses" bevonden.
1 Speurneus bleef ondertussen
maar bananen eten om de
SPANNING de baas te blijven.
Maar ik zag niet dat hij een
bananenschil had laten vallen
en ... **2** ⋯ *GLEED UIT!* →
Ik maakte een driedubbele salto
achterwaarts **3** en landde plat
op mijn snuit op het dak! **4**

Toen ik probeerde op te krabbelen,
zag ik plotseling iets onder een
dakpan … Het was duidelijk
een kostbaar poppetje van
goud, versierd met talloze
aquamarijnen. Op de
onderkant stond een tekst, in het
Russisch, die Katrina voor ons vertaalde:

> *'In het fort van Moskou*
> *staat je iets verschrikkelijks*
> *te wachten!*
> *Daar vind je het tweede poppetje,*
> *Sestra.'*

> **Aquamarijnen
> zijn kostbare
> bleekgroene
> edelstenen.**

OP ZOEK NAAR HET ZUSJE SESTRA

Katrina KUCHTE: 'Eh, als ik iets mag zeggen …
ik denk dat ik weet wat het fort van Moskou
is … dat is volgens mij het KREMLIN!'

HET KREMLIN
Is een oud fort, omringd
door muren en torens.
Het is gebouwd op een
heuvel op de linker-
oever van de rivier
de Moskva.

Kom op,
Stiltonnetje!

De volgende ochtend lieten we het Grand Hotel
ACHTER ons en gingen op weg naar het oude
fort, het Kremlin.

De zon kwam op en kleurde de hemel boven
Moskou rood. Indrukwekkend rood!

Moskou was echt een schitterende stad en
Rusland een IMPONEREND land!

Terwijl ik dat bedacht, juist op dat magische

moment, Kneep Speurneus in mijn staart. Au, dat moest geen gewoonte worden!

'Kom op, Geronimo, DOE JE BEST, je moet iets voor me vertalen! Vraag aan de wachtknager wat hier zo verschrikkelijk is!'

Ik deed **WANHOPIG** mijn best … met gebarentaal!

De wachtknager gaf me een knipoog, ten teken dat hij me begrepen had. Hij bracht ons naar een zaal van het Kremlin, die helemaal vol stond met TRONEN!

PIEP, WAT MOESTEN WE HIER?

Speurneus brulde: *'Banale bananen,* wat een tronen! Kom op, Geronimo, we geven onze ogen de kost!'

We l a z e n alle beschrijvingen van alle tronen, tot Speurneus ineens een kreet slaakte: *'Hebbeshebbeshebbes!* Gevonden! Deze troon was van Ivan de Verschrikkelijke, hij werd zo genoemd omdat hij de meest VERSCHRIKKELIJKE *tsaar** van alle tsaren was ...'

Speurneus wroette onder de troon en toen hij even later zijn poot er weer onder vandaan haalde, zat er een ... SCHITTEREND poppetje in!

Speurneus mompelde: 'Wat magnifiek! Dit ZUSJE is gemaakt van goud en bezet met prachtige Zirkonen!'

* Tsaar: Russische keizer

Zirkonen
zijn kostbare
transparante
mineralen. Ze
schitteren als
diamanten.

Achter ons hoorden we een stemmetje fluisteren:

'Ze is werkelijk oogverblindend!'

We draaiden ons met een ruk om en daar
stond ... Katrina Beduvelova!
'Wat doe jij hier, Beduvelova?' riep Speurneus
uit. 'Achtervolg je ons soms?'
Ze grinnikte: 'Hihihi!'
'Doe niet zo achterdochtig, je OVERDRIJFT!'
las ik Speurneus de les.
Hij fluisterde in mijn oor: 'IK VERTROUW
DIE BEDUVELOVA VOOR GEEN CENT!

SESTRA
Yana's zusje!

Haar snuit staat me niet aan. Ik zou niet willen dat ze al onze geheimpjes *verbabbelt*!'
In de buik van sestra vonden we een opgerold papiertje met een **RUSSISCHE** tekst erop.
Beduvelova begon met een eigenwijs stemmetje voor te lezen:

'GA NAAR HET HART VAN MOSKOU
EN KLIM HELEMAAL NAAR BOVEN.
LAAT JE DAAR NIET VAN TRET'YA,
DE DERDE ZUS, BEROVEN!'

Ze lachte: 'Jullie weten dat niet, maar ik wel: het hart van Moskou is ... de **BASILIUS-KATHEDRAAL,** die bestaat uit tien kerken, versierd met vele **KOEPELS!'**

verbabbelen: verklikken.

DE DERDE ZUS,
TRET'YA

Katrina bracht ons naar de Basiliuskathedraal.
Het hart van MOSKOU!

Terwijl we erheen liepen, was ik diep in gedachten verzonken. Ik dacht na over alle namen die er zijn voor de Matroesjka en ik schrok me dan ook wezenloos toen Speurneus me opnieuw aan mijn staart trok. Hij mopperde in mijn oor: 'Het is jouw schuld. Omdat je niet eens iets uit het Russisch kunt vertalen, zijn we nu aan deze knagerin overgeleverd. IK VERTROUW DIE BEDUVELOVA VOOR GEEN METER!'

Beduvelova bleef staan en wees op een kleurig bouwwerk met indrukwekkende

DE BASILIUS-KATHEDRAAL is een Russisch-Orthodoxe kerk. Hij staat op het Rode Plein in Moskou en is gebouwd tussen 1555 en 1561.

Dit is de Basilius-kathedraal!

koepels. Dat was de fameuze **BASILIUS-KATHEDRAAL!**

We telden het aantal kerken waaruit de kathedraal bestond: het waren er inderdaad *TIEN!*

De hoogste was … *gi-ga-geitenkaas …*

DIE WAS ECHT HOOG!

Ik draaide me om naar Speurneus en zei: 'Deze keer hoef je me niet eens te vragen of ik naar **BOVEN** ga, want geen haar in mijn vacht die daaraan denkt!'

Speurneus?

Maar Speurneus was helemaal nergens te bekennen. Het leek wel of hij in ROOK was opgegaan! Plotseling hoorde ik een brommend geluid. Ik keek omhoog, waar het gebrom vandaan kwam, en zag …

een **HELiKoPTER!!!**

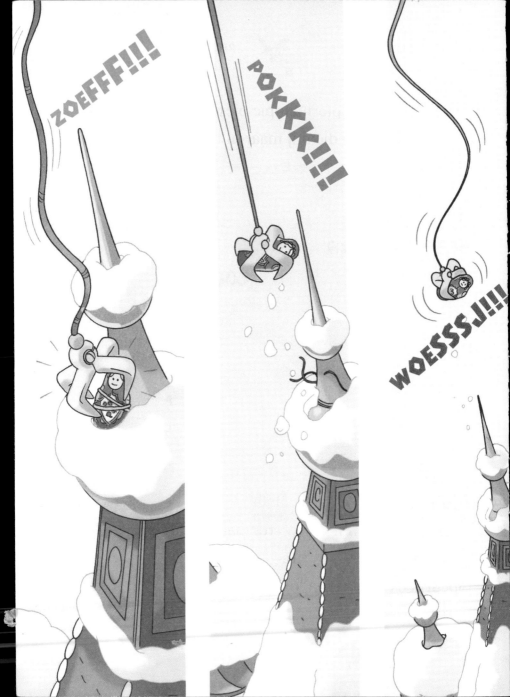

Vanuit het helikopterraampje piepte een
snuit naar buiten die mij maar al te bekend
voorkwam: het was Speurneus!
Hij zwaaide naar me en riep: 'Hallo
Stilton, zet je schrap, ik gooi zo de
Matroesjka naar beneden!'
Hij liet een grijparm aan een touw
zakken om zusje nummer drie te pakken,
die aan de hoge koepel vastgebonden zat.

ZOEFFF!!!

Hij trok haar los ...

POKKK!!!

Het Russische poppetje slingerde
heen en weer en ik probeerde haar
vanaf de grond te volgen.
Speurneus liet Tret'ya los en ze

BOINGGG!!!

Au!

landde natuurlijk boven op mijn kop!

BOINGGG!!!

Ik wankelde, het was een behoorlijke klap en ik
voelde hoe er een **BULT** begon te groeien
op mijn kop. Ik struikelde en belandde midden in
het **IJSKOUDE** water van de rivier de Moskva.
Sputterend kwam ik weer boven en riep: '**HELP!**'
Katrina sprong met een ongelooflijke lenigheid,
voor een knagerin van haar leeftijd, in het water
van de ~rivier~ en trok me aan land, net
voordat ik in een ijsklomp was veranderd.
Ze pompte **KRACHTIG** het water uit mijn
longen …

Prrrt…

Ik bedankte haar: ze had tenslotte mijn leven
gered!

Speurneus, die ons ondertussen had bereikt,
mompelde argwanend: 'Dat oudje is een raadsel!
Zo oud en toch zo *lenig* ... Nee, ik laat me
niet in de luren leggen door die Beduvelova!'
Hij bekeek het poppetje aandachtig. Het was,
net als de eerste twee, gemaakt van goud
en bezet met prachtige stenen. 'Dit zijn
agaten', zei hij peinzend. 'En kijk eens
wat we hier hebben!' Hij haalde een
briefje tevoorschijn uit de buik van het
poppetje en gaf het, na enige *aarzeling*,
toch maar aan Beduvelova die het meteen voor
ons vertaalde:

> 'CHETYRE BEVINDT ZICH IN
> HET GAT VAN ARBAT ...
> TEL ER DERTIEN GROOT OF KLEIN ...
> DAAR ZAL NUMMER VIER ZIJN!'

Een agaat is
een vulkanisch
gesteente in
de kleuren
oranjerood of
blauw.

TRET'YA
De derde zus!

NUMMER VIER, CHETYRE

De volgende ochtend stonden we vroeg op en lieten ons het **ontbijt** goed smaken.
Speurneus stortte zich op het buffet en piepte:
'**MJAMMJAMMJAM!** Croissants, kaas-soufflés, worst, vlees, gerookte vis, **THEE**!
Wat een muizenissig ontbijt!'

Heerlijk!

Smullen!!!

Toen we uitgegeten waren, gingen we met
Katrina Beduvelova op weg naar Arbat, de
kunstenaarsstraat, om daar te zoeken
naar de vierde Matroesjka.
Op elke straathoek kwamen we acteurs, acrobaten, mimeknagers en goochelaars tegen die
ons hun kunsten vertoonden.
We zagen een slangenmuis die zich in aller-
lei bochten kon wringen, een jongleur die vijf
RINGEN in de lucht hield en er later
zelfs nog doorheen kroop ook, en een aantal
ACROBATEN die driedubbele salto's
maakten en met een sierlijke pirouette landden.
Ten slotte werden we ook nog getrakteerd op
een slakkentemmer, die slakken liet dansen op
MUZiEK!
Maar wij waren op zoek naar gaten! Gat
nummer DERTIEN. Wat zouden ze bedoelen

en waar moesten we die ooit vinden in deze
WIRWAR van knagers en muizen?
'Ik weet het', riep Speurneus opeens. 'Kijk daar,
de hele straat zit vol met putten!'
Enthousiast begonnen we te **TELLEN:** een,
twee, drie … Toen we
bij put nummer dertien
waren aangekomen, stak

ARBAT
Kunstenaarsstraat, een
van de oudste straten
van de stad met overal
boekhandels, antiquairs
en mooie souvenir-
winkeltjes.

Hopla!

Speurneus zijn **POOT** erin, graaide wat
en … toverde er Matroesjka nummer
vier uit tevoorschijn! Een gouden
Matroesjka bezet met saffieren!
Hij slaakte een triomfantelijke kreet.
'*Banale bananen,* Geronimo, ook de
vierde hebben we te pakken … wat zijn
we toch goed! HAHAHA!'

> De saffier is een
> zeer waardevol-
> le azuurblauwe
> edelsteen.

Vergiste ik me of hoorde ik iemand piepen:
"Wie het laatst lacht, lacht het best!"
Maar toen ik me omdraaide stond daar alleen
Beduvelova, die mysterieus grinnikte: ʻHihihi!ʼ
Speurneus bromde: ʻIK VERTROUW DIE
BEDUVELOVA NIET VERDER DAN MIJN
SNUIT LANG IS ...ʼ
Maar we hadden geen tijd te verliezen want ze
begon de volgende opdracht al voor te lezen:

ʻONDER DE GROND TUSSEN ALLE FRESCOʼS
ZIT PYATAYA, ZUS NUMMER VIJF, VERSTOPT.
VOLG DE WEG NAAR DE STREPEN EN
KIJK NAAR HET FRAAIE IN DE LUCHT.ʼ

CHETYRE
Nummer vier!

1 2 3 **4** **5** **6** **7**

DE VIJFDE ZUS,
PYATAYA

Ik stond perplex. Het fraaie in de lucht onder de
grond? Maar Beduvelova keek me grinnikend
aan: 'Hihihi!'

Ze was een ervaren toeristengids; wist zij misschien iets wat wij niet wisten?

Ik zei tegen Speurneus: 'Misschien moeten we
haar vragen wat er wordt bedoeld …'

'Nee, ik wil het Beduvelova niet vragen,'
antwoordde hij VASTBERADEN, 'ik hoop dat
ik het mis heb, maar dit keer doen we het alleen,
JIJ en IK, IK en JIJ, nou ja … wij samen!'

'Maar Speurneus, we kunnen toch niet heel
Moskou door. DAT GAAT EEUWEN DUREN!'

Speurneus oogjes schitterden. 'Ik weet het, maar ik heb een plan: jij vraagt het gewoon aan een voorbijganger!'

Ik stotterde: 'Ik? INFORMATIE vragen aan een voorbijganger? In het **RUSSISCH?** Speurneus dat gaat me nooit lukken!'

Speurneus sloeg me vriendschappelijk op de rug en zei: 'Ook goed, laten we dan DAAR, beginnen, onder de grond!' En hij wees naar een Metrostation.

Ik SNAPTE er geen snars meer van, maar hoe

DE METRO VAN MOSKOU

De metro van Moskou is een architectonisch (bouwkundig) hoogstandje, met marmeren stations die zijn versierd met mozaïeken, fresco's en enorme vergulde kroonluchters.

langer ik erover nadacht, hoe logischer het idee van Speurneus werd.

Speurneus KNEEP in mijn wang: 'Kom op, waar wacht je op? Geen tijd te verliezen!'

Wat kon ik anders doen dan alle lampen op alle metrostations van Moskou één voor één te CONTROLEREN? En er zijn heel wat metrostations in Moskou, kan ik je vertellen!

En nog veel meer lampen! Ze zijn *kleurrijk* en
genummerd, dus ik besloot gewoon bij nummer
1 te beginnen …

Gi-ga-geitenkaas, wat een muizenissige knagers-
klus!

Om niet op te vallen had ik een OVERALL
aangetrokken. Met een ladder op mijn schouder
liep ik zo nonchalant mogelijk naar de lampen en
deed alsof ik de elektricien was …

Zodra we een lamp zagen, brulde Speurneus:
'Kijk, weer eentje! Geronimootje, snel, de
LADDER op en kijk goed uit je doppen!'

Zoals je weet, heb ik nogal last van hoogtevrees,
dus ik klom trillend en bevend op de ladder.
Uren gingen voorbij, dagen gingen voorbij, een
hele week ging voorbij en nog hadden we niet
alle LAMPEN gecontroleerd …

Maar op de zevende dag … bij de derde lamp

van het metrostation Kievskaya, stootte mijn poot op iets van **METAAL ...**
Iets **KOUDS** ... met een **RONDE** vorm ...

'GEVONDEN!' riep ik.

Speurneus, die de ladder vasthield, begon van vreugde te dansen. 'Goed zo, Geronimootje! Heb je **ECHT** de Matroesjka gevonden?'

Ik brulde: **'BLIJF STILSTAAN!** Je laat de ladder dansen, straks val ik!'

Ja hoor, nog geen seconde later viel ik met mijn snuit vol in de **LIJMEMMER** van de reclame-knager die posters in het metrostation aan het ophangen was.

Beduvelova *dook* op uit het niets en viste me met haar paraplu uit de lijm. Ze grinnikte: **'Hihihi!'**

Plons!

Visje gevangen! Hihihi!

Bah!

Maar als ik heel eerlijk ben, leek het alsof ze zich meer *zorgen* maakte om de Matroesjka dan om mij …

Speurneus nam haar achterdochtig op.

Hij kwam op me af en griste het poppetje uit mijn poten. 'Aha, dit is dus Pyataya', zei hij bewonderend.

Ze was inderdaad prachtig, van goud en bezet met robijnen!

> De robijn is een kostbare vuurrode edelsteen.

Hij draaide het poppetje open om te kijken of er een **PAPIERTJE** in haar buik zat …

Beduvelova kwam naast Speurneus staan en vroeg met een allerliefst stemmetje: 'Wil je dat ik het voor jullie vertaal, Speurneus? Ik wil me niet **OPDRINGEN …** misschien heb je liever dat je vriend het vertaalt?'

Speurneus keek me **FRONSEND** aan en zei: 'Het is jouw schuld, nu moet ik haar vragen het voor ons te vertalen!'

En terwijl hij haar het poppetje toestak, bromde hij: 'HELAAS, juffrouw Beduvelova, Geronimo kan niet eens het etiket van een WATERFLES voor me vertalen, dus als jij het voor ons wilt doen, graag!'

Ze grinnikte en las voor:

'ZOEK EN VIND
IS ALS OORLOG EN VREDE.

OM HET ZESDE POPPETJE,
SHESTOY, TE VINDEN,
MOET JE WAT CULTUUR OPSNUIVEN ...'

Beduvelova vulde zelf aan: 'Ik denk dat het over de beroemde Russische schrijver *Tolstoj* gaat ...'

Speurneus PAKTE de pop snel weer van Beduvelova af en zei: 'Natuurlijk, dat had ik heus wel door! Tolstoj, de beroemde *schrijver!'*

Dat had ik heus wel door!

DE ZESDE POP,
SHESTOY

Het kostte me de hele middag om de LIJM uit mijn vacht te krijgen.

Eerst nam ik een warm BAD ... maar dat hielp niet! Wassen met SHAMPOO en een haarmasker ... hielp ook niet!

Volgens Speurneus zou ik alleen in de sauna

HOE-KRIJG-JE-DE-LIJM-UIT-JE-VACHT

Au, heet!

Au!

Ik nam een heet bad!

Zeep, shampoo, haarmasker, alles smeerde ik erin!

mijn vacht weer schoon kunnen krijgen. Ik
ZWEETTE en ZWEETTE en ZWEETTE …
maar ook dat hielp niet!

Dan zat er nog maar één ding op, volgens
Speurneus: ik moest door de SNEEUW
rollen. *Aaaaaah,* dat hielp dus ook niet. De lijm
bleef zitten waar hij zat … in mijn vacht. Ik hield
er helaas wel een **VERKOUDHEID** aan
over!

Hatsjie! Hatsjie! Hatsjie!

Uitgeput liet ik me op bed vallen en kroop

… en koelde daar-
na af in de ijskoude
sneeuw!

Eerst zweette en zweette
ik in de sauna …

Een verkoudheid was het
enige resultaat!

onder de lakens. Niet aan gedacht: de lakens bleven vastplakken ... ik leek wel een

SPOOK!

De volgende ochtend was de ergste LIJM verdwenen. Er werd al vroeg op onze kamerdeur geklopt: het was Beduvelova. Ze vroeg poeslief (en dat heet niet voor niets poeslief, voor een muis betekent dat: oppassen geblazen!): 'Zal ik met jullie meegaan naar het huis van Tolstoj?'

Terwijl ze dat vroeg, wierp ze een vragende blik op Speurneus. Hij antwoordde op ijskoude toon: 'Nee hoor, niet nodig, dat huisje vinden we zelf ook wel!'

Beduvelova keek **TELEURGESTELD.** Ik had nu toch wel een beetje medelijden met haar: het was een oud, EENZAAM knagerinnetje, die waarschijnlijk toeristen rondleidde omdat ze van haar pensioentje niet rond kon komen …

Ik piepte FLUISTEREND tegen Speurneus: 'Ach joh, laat haar toch meekomen.'

Maar hij antwoordde VASTBERADEN: 'Nee, ik vertrouw Beduvelova voor geen *roebel**, en dat huis vinden we zo ook wel, het adres staat gewoon op **INTERNET!**'

Beduvelova droop bedremmeld af en mompelde: 'Als jullie me toch nog nodig hebben, hoor ik het wel. Bel me maar, ik ben altijd bereikbaar.'

We wasten ons, kleedden ons aan en gingen op

* roebel: munteenheid van Rusland

Dag en tot ziens, of niet!

Arm knagerinnetje!

Snik!

weg naar het huis van Tolstoj, mijn favoriete
Russische schrijver, van wie ik alle boeken
heb gelezen!

Daar aangekomen zochten we urenlang, maar
nergens was een spoor van Shestoy te vinden!
Dat was toch muizenissig VREEMD!

Opeens zag ik vanuit mijn ooghoek een plukje
grijze vacht en een GEBLOEMD doekje
opduiken. Maar dat was toch? Ja, het was …
Katrina Beduvelova!

Speurneus piepte achterdochtig: 'BEDUVEL
je me nu, is dit toeval of …?'

Ze fluisterde in mijn oor: 'Hier heeft Tolstoj maar
kort gewoond, zijn geboortehuis staat ergens anders! Het
is een landgoed dat Jasnaja Poljana heet! Ik kan jullie er
zo heen brengen.'

Ik wierp Speurneus een verwijtende blik toe.
Niet alleen had hij zich VERGIST in het

adres, hij had ook een arm, oud knagerinnetje **VALSELIJK** beschuldigd! Dat moest ik goedmaken!

Ik pakte Katrina bij haar elleboog vast en zei: 'We zouden het heel fijn vinden … als je ons nu naar het echte huis van *Tolstoj* zou willen brengen.'

Zo gezegd, zo gedaan. Maar eenmaal aangekomen bij het landgoed, viel het nog niet mee om het op een na laatste poppetje te vinden.

Na uren zoeken, kwamen we erachter dat ze verstopt zat in de holle stam van een **appelboom**!

Het was een gouden poppetje, bezet met smaragden.

Smaragden zijn transparante groene edelstenen.

Beduvelova las voor wat op het papiertje stond:

'MUMIYA, DE MOEDER, HOUDT VAN DANSEN, MAAR HEEFT GEEN SOUFFLEUR NODIG.'

SHESTOY
De oudste dochter.

MOEDERTJE
MUMIYA

We waren door het dolle heen, want we hadden het zesde poppetje toch maar mooi gevonden! Plotseling ging de telefoon van Speurneus.

TRING, TRING, TRING!

Hij nam op en piepte: 'Hallo, hier Speurneus Teus! Natuurlijk hebben we de zesde pop gevonden! Ik ben niet voor niets de beste en beroemdste SPEURKNAGER van Muizeneiland! Nu alleen de zevende, het moedertje, nog even ophalen en dan is de Matroesjka compleet. Het heeft iets met DANSEN te maken, nou, dat vinden we wel.

Wat? Nou ja, als je dat zo graag wilt, waarom
niet? Wanneer? Goed, zie ik je daar! Groetjes!'
Hij hing op en zijn snorharen TRILDEN van
opwinding. 'Dat was de Matroesjka-verzamelaar
Boris Muizetjov! Hij zegt dat we naar het
Bolsjojtheater moeten **KOMEN.** Het duurt hem
te lang denk ik, de spanning wordt te groot!'
Iemand piepte: 'Prut!'
Ik draaide me verbaasd om, maar achter me
stond alleen Beduvelova! VREEMD!

Maar ik kreeg geen tijd om er langer over na te denken, we moesten **RATTENRAD** naar het beroemde Bolsjojtheater!

Daar aangekomen, werden we door de portier tegengehouden. We mochten niet naar binnen.

'Nee! Deze *balletvoorstelling* is uitverkocht. Kom vanavond maar, dan is er nog een show!'

Speurneus krabde op zijn kop. 'Ballet? Dansen? Geronimov, doe eens tof! Bedenk eens iets!'

Op dat moment trippelde er een groepje ballerina's in tutu's en op balletschoentjes naar de artiesteningang.

Speurneus piepte: '**BEDACHT!** Ik weet hoe we binnenkomen!'

We renden snel een winkel met theaterkostuums binnen en kwamen even later VERKLEED als ballerina's weer naar buiten.

Op mijn kop een pruik, aan mijn knagerslijf een

witte, kanten **TUTU** en aan mijn poten ballet-
schoenen, roze SPITZEN ...

Kortom: ik zag er belachelijk uit!

Er kwam weer een groepje ballerina's aan
trippelen. We voegden ons stilletjes bij hen ...
en zo kwamen we binnen!
Wat was het Bolsjojtheater **GROOT!**
Waar je ook keek stonden antieke meubels
en kostbare beelden. Aan de plafonds hingen

kristallen kroonluchters en de wanden waren versierd met schitterende fresco's.

Maar wij waren op zoek naar de ruimte waar de souffleur altijd zit. Dit is het **H O K J E** onder het podium van waaruit hij de acteurs hun tekst toefluistert als ze het even niet meer weten …

Daar moest **MUMIYA** ergens verstopt zijn.

Maar juist toen we van achter de coulissen het podium opklommen, begon de *MUZIEK* te spelen, ging het doek open en kwam er een

groepje ballerina's elegant aangehuppeld, ze FLaDDERDEN als vlinders …

Wij konden maar één ding doen en dat was … meedansen! De ballerina's dansten op hun spitzen … en wij dus ook: Au! Au! Au!

Pas aan het einde van de dans, tijdens het wisselen van het decor, konden we er tussenuit piepen en ons VERSTOPPEN tot de voorstelling was afgelopen en het publiek het theater verlaten had.

We liepen naar het hokje van de souffleur. Daar zat, in een dubbele bodem, de zevende en grootste pop verstopt: Mumiya! Wat was ze *mooi!* Ze was gemaakt van goud en bezaaid met gi-ga-grote diamanten!

Diamanten zijn mega-super-gi-ga-kostbare edelstenen. Schitterend, zuiver en transparant.

Speurneus stopte al haar dochters in haar buik en zei: 'Onze missie is volbracht!'

MUMIYA
Het moedertje!

HET GEHEIM VAN
KATRINA BEDUVELOVA

We hadden de Matroesjka nog maar net compleet of Katrina Beduvelova kwam vanuit het **NIETS** opduiken.

Het viel me op dat ze haar blik strak op de Matroesjka gericht hield. Haar IJSKOUDE ogen schoten vuur achter haar brillenglazen.

Voor ik er erg in had, stortte ze zich op de Matroesjka en GRISTE de pop uit de poten van Speurneus.

Ze maakte rattenrap dat ze wegkwam, terwijl wij haar hoorden grinniken: 'Hihihihi!'

De eerste die weer bij zijn positieven kwam* was Speurneus. 'Geronimo,' brulde hij, 'we zijn *gepluimd**! Beduvelova, de naam zegt het al! We hadden het kunnen weten. Kom op, erachteraan!'

Ik zette een spurt in en **RENDE** net zolang tot ik buiten adem was. Opeens zag ik iets vreemds ... eigenlijk een hele serie **VREEMDE** dingen!

Katrina Beduvelova verloor de doek die om haar kop gewikkeld zat en daarna haar grijze haren. Wat!? Dat was dus een **PRUIK.** Nu had ze ineens lange blonde krullen!

* *Gepluimd zijn*: bedrogen, beduveld, bij de snuit genomen zijn.

Grrr!

Oplichtster!

Hihihi!

Ze gooide haar ⒷⓇⒾⓁ weg, die ze blijkbaar dus helemaal niet nodig had! En nu waren haar eerst zo ijskoude priemoogjes opeens veranderd in aantrekkelijke kijkers!

De ⓅⒶⓇⒶⓅⓁⓊ, die ze gebruikte als loopstok, had ze ook niet langer nodig. Ze rende er als een haas vandoor!

Onder het rennen haalde ze een KUSSEN onder haar kleding vandaan en liet het op de grond vallen. In plaats van gezet, was ze ineens superslank en lenig!

De oude knagerin was veranderd in een **JONG** knagerinnetje!

En ... erg, erg, erg **aantrekkelijk!**

Opeens herkende ik haar!

Dat was ze, *zij!*

Zij stond in het b o e k van Speurneus, het

boek dat ik in het vliegtuig gelezen had. Het was
Anastasia Kierewietsin, de grootste verzamelaar-
ster van Matroesjka's van heel Rusland!
En nu ging ze **ERVANDOOR** met
onze Matroesjka, die wij hadden gezocht en
gevonden voor BORIS MUIZETJOV!
Katrina Beduvelova, ik bedoel Anastasia
Kierewietsin rende de hoek om en stond op het
punt te **VERDWIJNEN,** toen opeens …
Speurneus een BANAAN uit zijn jaszak tevoor-

He he he!

Grrr!

schijn haalde. Hij pelde de banaan, at hem op en haalde uit zijn andere zak een **KATAPULT.** Daarmee schoot hij de schil rechtstreeks onder de rennende **POTEN** van Kierewietsin.

Beduvelova, eh… Kierewietsin *GLEED* uit over de schil en kwam op haar staart terecht!

Haha!

BOEM!

Speruneus slaakte zijn fameuze overwinningskreet:

SPEURNEUS, SPEURNEUS, SPEURNEUS TEUS!!!

We liepen naar haar toe, maar ze dacht er niet aan om de Matroesjka

Help!

aan ons te geven. Net op het moment dat we haar voor diefstal wilden gaan aangeven bij de politie, kwam er een zeer **ELEGANTE,** lange, sterke knager met *ijsblauwe* ogen aan. Het was Boris Muizetjov!

Hij hield ons met een pootgebaar tegen en schreeuwde: **'STOP!'**

VERZAMELAARS
ONDER ELKAAR

Speurneus zei: 'Maar, meneer Muizetjov, deze knagerin is een oplichtster!'

Ik piepte: 'Juffrouw Katrina, eh, ANASTASIA, deed alsof ze een gids was zodat ze ons om de tuin kon leiden!'

Boris Muizetjov draaide zich naar haar om en vroeg ronduit: 'WAAROM deed je dat, juffrouw Anastasia? Waarom wilde je mijn Matroesjka STELEN?'

Ze antwoordde, terwijl ze de Matroejska stevig tegen zich aangeklemd hield: 'Omdat ik voor deze Matroesjka echt ALLES over heb, al moet ik er het dievenpad voor op!'

Speurneus en ik riepen in koor: 'Zie je nu wel, meneer Muizetjov? Ze geeft het nog **TOE** ook, ze wilde de Matroesjka stelen en ...'
Maar Boris Muizetjov maande ons tot stilte en bromde: 'Stil! Jullie begrijpen het toch niet. Alleen **VERZAMELAARS** onder elkaar, die begrijpen het ...'
Zijn blauwe ogen keken *diep* in de ogen van Anastasia, en zij beantwoordde zijn blik.

Boris Muizetjov maakte een elegante buiging voor haar en mompelde: 'Juffrouw, ik begrijp het, Matroesjka's zijn ook mijn grote **PASSIE!** Mag ik je uitnodigen voor een romantisch diner bij KAARSLICHT en een goed gesprek over Matroesjka's?'

Kierewietsin wilde zoals gewoonlijk grinniken, tot ze bedacht dat ze dat nu niet meer hoefde te doen. Haar rol als Beduvelova was uitgespeeld. Met **SUIKERZOETE** stem zei ze: 'Heel graag, meneer Muizetjov!'

En poot in poot *LIEPEN* ze weg.

Ik hoorde Boris nog net vragen: 'Ik zou je heel graag voor een cruise op mijn jacht uitnodigen, een hele lange WERELDCRUISE. We kunnen het dan uitgebreid hebben over een INTERESSANT onderwerp, een heel INTERESSANT onderwerp zelfs. Het enige

INTERESSANTE onderwerp: **MATROESJKA'S!'**

Kierewietsin piepte zo snel als ze kon: 'O, dat zou leuk zijn! Ook ik praat het liefst over niets anders dan over Matroesjka's!'

Speurneus keek hen kopschuddend na.

'Die twee zijn voor elkaar geboren. Ze denken alleen maar aan Matroesjka's! Nou ja … als ze maar GELUKKIG zijn!'

SOUVENIR
UIT RUSLAND

Onze missie zat erop, we konden weer naar
HUIS. Maar voor we vertrokken wilden we nog
een paar kleinigheidjes voor familie en vrienden
KOPEN.

Speurneus piepte: 'Ik heb een **ideetje!**
Stiltonnetje, we gaan naar de markt! Wedden
dat we daar een paar LEUKE SOEVENIRTJES
vinden?'

Op de markt was zoveel keus in pootgemaakte
KUNSTWERKJES dat we niet wisten wat we
moesten kiezen.

We kochten voor de **HELE FAMILIE** Stilton
en voor alle 14 familieleden van Speurneus een
aandenken: van oma Piepbes tot Piepjong, de
baby! Voor iedereen iets waarvan we dachten dat
ze het LEUK zouden vinden. Natuurlijk was ik
de pakezel, eh… de pakjesknager.

Wat een rompslomp:

KIEZEN, KOPEN, DRAGEN!

Maar eenmaal thuis was de voldoening groot;
iedereen was dolblij met zijn of haar souvenir!

DE CADEAUTJES VAN SPEURNEUS TEUS

Een belletje uit Novgorod!

PIEPMUIS

PIEPER

PIEPAUW

Een muts van eco-bont!

Een sneeuw-bol met het Kremlin erin!

Een originele Russische beer!

PIEPJONG

PIEPEL

Een theekopje!

Drie mooie poothoedjes!

OMA PIEPBES

Een kleurrijke notenkraker!

PIEPUS

PIEPERDEPIEP

PIEPOOG

Een beeldje van de Basilius-kathedraal!

Een pootband van amber!

PIEPERTJE

SPEURNEUSJE

PIEPERMIEP

Een Matroesjka!

Een zak boekweit voor het maken van polenta!

Een paar wanten tegen de Siberische kou!

Een houten pen!

PIEPZAK

Zelfs opa Wervelwind kwam naar kantoor om me persoonlijk te bedanken, maar hij kwam niet met **LEGE** poten! Hij had ook een cadeautje voor mij, nou ja cadeautje ...

Wil je weten wat ik kreeg? Luister, ik zal het je vertellen ...

Ik zat achter mijn bureau toen opa binnenkwam. Hij gooide de deur open en brulde:

'GERONIMO!'

'Opa, wist je dat ik in Rusland ben geweest en **RUSSISCH** heb geleerd, zoals jij graag wilde?'

Hij schudde zijn kop. 'Geronimo, je loopt altijd **ACHTER** de feiten aan, moet ik je nu weer **ALLES** uitleggen?'

Ik was verbaasd. 'Hoezo, alles?'

'Nou ja, gewoon: **ALLES, ALLES, ALLES!**

Je hoeft helemaal geen Russisch te leren, alle b o e k e n zijn al vertaald door een heuse vertaler, eentje die ik heb leren kennen op de golfclub! Maar geen nood, ik heb een ander karweitje voor je!'

Hij wees op een hoge, gi-ga-hoge stapel boeken en riep: 'Kijk, een uitgebreide cursus **CHINEES,** 137 boeken!'

'WIE, **WAT, WAAR?'** krijste ik wanhopig. 'Chinees? Maar opa, dat lukt me nóóit!'

Opa grinnikte: 'Je bent ook een eeuwige zwartkijker, dat zei je van het **RUSSISCH** eerst ook, en toch heb je dat geleerd, of niet soms?'

Maar ik kon niet meer antwoorden. Ik was van mijn MUIZENSTOKJE gegaan!!!

EEN JAAR LATER ...
IN ROKFORD!

Een jaar later zat ik op kantoor toen opeens
de deur openzwaaide en mijn vriend de
detective binnenkwam. Hij brulde: 'Hallo,
Geronimootje! Heb je het **NIEUWS** al gehoord?
Kijk eens wie er net van hun wereldcruise terug
zijn! Ach, wat een ROMANTISCH verhaal.'
Terwijl hij dat zei, gooide hij een roddelblad voor
me neer, met op de voorpagina een foto van twee
gelukzalig glimlachende knagers. Het waren
Boris Muizetjov en Anastasia Kierewietsin!
LIEFDE is ... samen een passie delen! En als
er twee knagers zijn die samen een passie delen,
zijn zij het wel! Ik hoop dat ze *gelukkig* worden!

BORIS MUIZETJOV EN ANASTASIA KIEREWIETSIN

Houden van elkaar en van Matroesjka's!

HIJ, EEN FAMEUZE ANTIQUAIR,
ZIJ, EEN RIJKE ERFGENAME.
ZE HOUDEN VAN ELKAAR, MAAR
OOK VAN MATROESJKA'S.

OM HAAR HART TE VEROVEREN,
HAALDE BORIS ALLES UIT DE
KAST EN SCHONK HAAR ZIJN
KOSTBAARSTE MATROESJKA!

SAMEN MAAKTEN ZE EEN
WERELDCRUISE, OM ELKAAR
BETER TE LEREN KENNEN EN
TE PRATEN OVER ...

MATROESJKA'S!

HIJ VROEG HAAR TEN HUWELIJK ...

ALS HUWELIJKSGESCHENKEN KREGEN ZE VEEL, HEEL VEEL MATROESJKA'S!

EEN JAAR LATER WERD ER EEN TWEELING GEBOREN: MATROESJKA EN MATRIOSHKA!

INHOUD

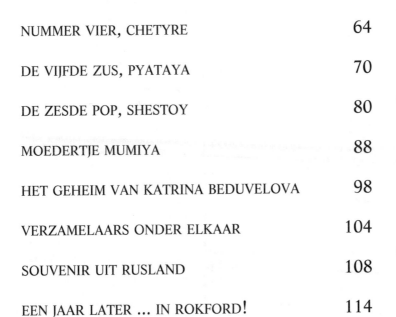

Geronimo Stilton

Thea Stilton

**Alle boeken zijn te koop in de boekhandel
of te bestellen via de website.**

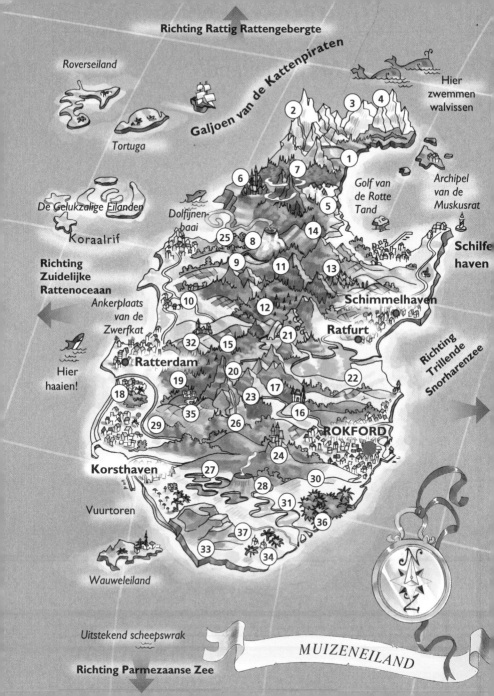

Muizeneiland

Rokford, de hoofdstad van Muizeneiland

1. Industriegebied
2. Kaasfabriek
3. Vliegveld
4. Mediapark
5. Kaasmarkt
6. Vismarkt
7. Stadhuis
8. Kasteel van de Snobbertjes
9. De zeven heuvels
10. Station
11. Winkelcentrum
12. Bioscoop
13. Sportzaal
14. Concertgebouw
15. Plein van de Zingende Steen
16. Theater
17. Grand Hotel
18. Ziekenhuis
19. Botanische tuin
20. Bazar van de Manke Vlo
21. Parkeerterrein
22. Museum Moderne Kunst
23. Universiteitsbibliotheek
24. De Rioolrat
25. De Wakkere Muis
26. Woning van Klem
27. Modecentrum
28. Restaurant De Gouden Kaas
29. Centrum voor zee- en milieubescherming
30. Havenmeester
31. Stadion
32. Golfbaan
33. Zwembad
34. Tennisbaan
35. Pretpark
36. Woning van Geronimo
37. Antiquairswijk
38. Boekhandel
39. Havenloods
40. Woning van Thea
41. Haven
42. Vuurtoren
43. Vrijheidsmuis
44. Kantoor van Speurneus Teus
45. Woning van Patty Spring
46. Woning van opa Wervelwind

Lieve knaagdiervrienden,
tot ziens, in een volgend avontuur.
Een nieuw avontuur met snorharen,
erewoord van Stilton,

Geronimo Stilton!